Índice

Rourke Educational Media
rourkeeducationalmedia.com

¿Puedes encontrar estas palabras?

autobús

bicicleta

cohete

tren

Transporte

¿Cómo vas de un lado a otro?

La gente camina si no es muy lejos.

Fifth Ave
STEVE MADDEN

Si es muy lejos, algunas personas viajan en **autobús**.

O conducen un auto.

Algunas veces vas en **bicicleta.**

bicicleta

Algunas personas toman el **tren.**

O un avión.

Algunas veces un **cohete** es la única opción.

¿Cómo vas de un lado a otro?

¿Encontraste estas palabras?

Si es muy lejos, algunas personas viajan en **autobús**.

Algunas veces vas en **bicicleta**.

Algunas veces un **cohete** es la única opción.

Algunas personas toman el **tren**.

Glosario fotográfico

autobús: un vehículo grande que puede llevar a mucha gente.

bicicleta: vehículo de dos ruedas que se mueve por medio de pedales.

cohete: un vehículo con forma de tubo y con un motor potente que viaja a través del espacio.

tren: un grupo de vagones que están conectados entre sí, y que va por una vía férrea.

Índice analítico

Sobre la autora

Lori Mortensen vive en el norte de California con su familia y su gato Max. Cuando no está escribiendo en su computadora, va de un lado a otro de muchas maneras. Su favorita es hacer una caminata larga justo antes del amanecer. Los trenes también le gustan.

www.rourkeeducationalmedia.com

PHOTO CREDITS: Cover ©franckreporter, ©jacktheflipper, Page 3 ©aldomurillo, Page 4-5 ©By BYUNGSUK KO, Page 2,6,14,15 ©Tholer, Page 7 ©IPGGutenbergUKLtd, Page 2,8-9,14,15 ©monkeybusinessimages, Page 2,10,14,15 ©LeoPatrizi, Page 11 ©sharply_done, Page 2,12,14,15 ©nasa.gov, Page 13, ©Imgorthand

Edición: Keli Sipperley
Diseño de la tapa e interior: Kathy Walsh
Traducción: Santiago Ochoa
Edición en español: Base Tres

Library of Congress PCN Data
Transporte / Lori Mortensen
(Descubrámoslo)
ISBN (hard cover - spanish)(alk. paper) 978-1-64156-918-7
ISBN (soft cover - spanish) 978-1-64156-942-2
ISBN (e-Book - spanish) 978-1-64156-966-8
ISBN (hard cover - english)(alk. paper) 978-1-64156-195-2
ISBN (soft cover - english) 978-1-64156-251-5
ISBN (e-Book - english) 978-1-64156-301-7
Library of Congress Control Number: 2018955942

Printed in the United States of America, North Mankato, Minnesota